Si un dios necesita sangre para existir, no es dios.

Iván Valle

Ivan Valle Publishing
2025

ÍNDICE GENERAL

PÁGINA DE COPYRIGHT

ISBN: **979-8-9940732-4-7**

Esta obra es de ficción.
Cualquier semejanza con personas, instituciones, creencias, prácticas, sistemas o hechos de la vida real es pura coincidencia, no porque tales semejanzas no existan, sino porque la realidad ha insistido durante siglos en repetirse.
Los personajes, escenas y situaciones aquí descritos no pretenden señalar a individuos concretos, sino reflejar dinámicas humanas ampliamente reconocibles.
Si alguien se siente aludido, no es por haber sido nombrado, sino por haber reconocido un mecanismo.

Impreso en los Estados Unidos de América.

DEDICATORIA

A los animales
que no nos quitaron nada
y aun así lo perdieron todo.

A los que fueron usados,
vendidos,
encerrados,
marcados,
explotados,
sacrificados,
sin haber cometido ningún mal.

A quienes dieron alimento,
abrigo,
trabajo,
compañía,
equilibrio,
belleza,
vida,
sin pedir fe,
sin exigir obediencia,
sin levantar altares
ni pronunciar palabras.

A los que confiaron.
A los que siguieron a la mano humana
sin saber que no siempre protegía.
A los que sintieron miedo
sin comprender la causa.
A los que soportaron dolor
sin entender el motivo.

Este libro es para ellos.
No como reparación
—porque nada lo repara—
sino como memoria.
Como negativa.
Como límite.

Para que no se vuelva a decir
que su sufrimiento fue necesario.
Para que no se vuelva a llamar orden
a lo que fue abuso.
Para que no se oculte con ritual,
tradición
o costumbre
lo que nunca debió ocurrir.

Porque no debían pagar nada.
Porque no había nada que saldar.
Porque lo dieron todo
sin debernos nada.

Y que quede escrito,
con claridad
y sin excusas:

La sangre no la pidieron los dioses.
La pidieron los hombres.
Y todo dios o santo que exige sangre
no es dios
ni santo.

Escena I— El hombre que fue por amor

Fue a ese lugar porque la amaba.

No fue por fe.
No fue por curiosidad.
No fue por ambición.

Fue porque su mujer se había ido,
y alguien le dijo una frase que lo dejó sin aire:

—Ella está yendo a ver a alguien… y le está funcionando.

No dijo brujo.
Dijo alguien.

En Miami todo el mundo sabe lo que significa alguien.
Y también sabe que hay uno del que todos hablan.
El más famoso.
El que "sí resuelve".
El que "no falla".

El hombre no creía en nada de eso.
Pero creía en ella.
Y eso fue suficiente.

La había visto cambiar.
Más distante.
Más segura.
Como si alguien le hubiera dado una explicación que él ya
no podía ofrecerle.

—Estoy trabajando en mí —le dijo ella una vez—. Tú no
entiendes.

Eso dolió más que la separación.

Así que fue.

No a un callejón.
No a algo oscuro.
Fue a un lugar respetable,
con citas llenas,
con gente esperando,
con historias de éxito en voz baja.

Cuando algo es famoso, deja de parecer peligroso.
La fama lava.

El hombre entró con una sola idea en la cabeza:
si hago lo mismo que ella, quizá vuelva.

El que lo recibió no se presentó como brujo.
Se presentó como alguien que entiende.

—Siéntate —le dijo—. Ya sé por qué estás aquí.

Eso lo desarmó.

—Tu problema no es ella —continuó—. Es lo que hay
alrededor de ustedes.

Alrededor.
Nunca en ella.
Nunca en ti.

Siempre algo externo.
Eso calma.

El hombre habló poco.
No hizo falta.

—Cuando una mujer se va así —dijo el otro—, no es solo decisión. Hay influencia.

Influencia sonó moderno.
Casi psicológico.

—Hay personas que cargan cosas que no les pertenecen —añadió—. Y eso se contagia.

El hombre pensó en discusiones.
En reproches.
En silencios largos.

Todo encajaba.

—¿Se puede arreglar? —preguntó.

El otro lo miró fijo.

—Depende de cuánto estés dispuesto a hacer por ella.

No dijo por ti.
Dijo por ella.

Ahí quedó atrapado.

—Ella vino aquí —continuó— porque necesitaba protección. Cuando alguien protege a uno, el otro queda expuesto.

Protección.
Expuesto.

El hombre sintió miedo, pero no irracional.
Miedo organizado.

—No te asustes —dijo el otro—. Esto pasa más de lo que
crees. Y tú todavía estás a tiempo.

Otra vez: a tiempo.

—Pero hay que actuar bien —añadió—. Si haces algo mal,
la empujas más lejos.

Eso fue una amenaza sin serlo.

—¿Qué tengo que hacer? —preguntó el hombre.

No quería poder.
No quería dominarla.
Quería volver a verla como antes.

El otro respiró hondo.

—Primero hay que limpiar lo que te rodea.
—Después equilibrar.
—Y luego reforzar.

Proceso.
Escalonado.
Razonable.

—No es inmediato —advirtió—. Y no es gratis.

El precio fue alto.
Pero no tanto como perderla para siempre.

—Esto no se habla con cualquiera —añadió—. Hay gente
que, por envidia o ignorancia, daña lo que estamos
trabajando.

La duda ya no era pensamiento.
Era sabotaje.

—Si confías, funciona —dijo—. Si dudas, se revierte.

Ahí quedó claro el contrato:
obediencia a cambio de esperanza.

El hombre aceptó.

No porque creyera.
Porque no podía permitirse no hacerlo.

Salió de ahí sintiendo algo extraño:
no paz,
sino dirección.

Tenía una explicación para su dolor.
Tenía una narrativa donde no era insuficiente.
Tenía una promesa: si haces esto bien, ella vuelve.

Esa noche no durmió.
Pensó en su mujer.
Pensó en lo que perdería si fallaba.

No se dio cuenta de algo simple:

ya no estaba decidiendo por amor.
Estaba decidiendo por miedo.

Y ese es el punto exacto donde el sacrificio entra sin pedir permiso.

Porque el sistema no le pidió fe.
Le pidió entrega.

No le pidió odio.
Le pidió obediencia.

No le pidió sangre todavía.
Solo le pidió que aceptara una idea imposible de discutir:

Para que ella esté bien, alguien tiene que pagar.

Y aunque todavía no sabía quién,
ya había aceptado la lógica.

Interludio I — La fama no vacuna contra el engaño

La gente cree que el engaño espiritual es cosa de
ignorantes.
Pobres.
Desesperados.
Personas sin educación.

Es una fantasía cómoda.

La fama no protege.
El dinero no protege.
La inteligencia no protege.

A veces, exponen más.

Las personas visibles viven bajo una presión constante:
ser deseadas,
ser envidiadas,
ser observadas,
ser imitadas,
ser atacadas sin rostro.

Cuando algo empieza a fallar —una relación, una carrera,
una imagen—
no pueden permitirse el lujo del caos.

El caos público cuesta contratos.
Cuesta reputación.
Cuesta control.

Por eso buscan explicaciones privadas.

No porque crean más.
Sino porque no pueden dudar en público.

La lógica es simple:
si todo el mundo me mira,
alguien debe estar operando contra mí.

Ahí aparece la narrativa perfecta:
no es que la relación murió,
no es que el amor cambió,
no es que hubo decisiones mal tomadas.

Es influencia.
Es energía ajena.
Es alguien que intervino.

La fama necesita siempre una causa externa.
El azar no es aceptable cuando se vive de ser excepción.

Y los sistemas de sacrificio lo saben.

Por eso se acercan a los visibles con una oferta específica:
no poder,
no dinero,
no dominación.

Protección.

Protección de la caída.
Protección del olvido.
Protección de la pérdida de control.

A los famosos no se les prometen milagros.
Se les promete blindaje.

—Tú no estás mal —se les dice—.
—Estás expuesto.

Expuesto es una palabra elegante para el miedo.

Y cuando una persona famosa acepta esa explicación,
ocurre algo decisivo:
su elección se vuelve ejemplo.

No porque sea correcta,
sino porque es imitada.

La gente común no sigue ideas.
Sigue modelos.

Si alguien visible hace algo,
eso deja de parecer absurdo.

La lógica no entra por la razón.
Entra por la admiración.

Así se forma el círculo:
una persona vulnerable acepta una explicación falsa,
la explicación le da alivio,
el alivio se confunde con verdad,
y la verdad se legitima por repetición.

No importa que no funcione.
Importa que parezca que funciona.

Por eso hombres y mujeres famosos se suman a estas
lógicas
sin lógica alguna.

No porque sean tontos.
Sino porque están solos en lugares donde nadie puede
admitir debilidad.

Y los sistemas de sacrificio prosperan justo ahí:
donde la fragilidad debe esconderse
y la duda es una amenaza.

La fama no hace a nadie inmune.
Solo hace el engaño más silencioso
y más contagioso.

Y cuando la gente común imita lo que vio hacer a los
visibles,
ya no parece superstición.

Parece tendencia.
Parece camino.
Parece solución.

Hasta que alguien paga el precio.

Siempre alguien paga el precio.

Escena II — El protector

Al principio él no lo vio.
Nadie ve eso al principio.

Solo notó que ella hablaba distinto.

No era alegría.
Era otra cosa.

Más segura.
Más firme.
Como alguien que ya no pedía permiso.

—Él me está ayudando —le dijo una vez—.
—Tú no entiendes estas cosas.

Ese él empezó a aparecer demasiado.

Siempre con respeto.
Siempre con autoridad.
Siempre como el único que sabía.

—No te acerques mucho ahora —le dijeron a él—.
—La energía se puede confundir.

Confundir.
Otra palabra limpia para separar.

Ella empezó a repetir frases que no eran suyas.

—Esto es un proceso.
—Hay cosas que no te puedo explicar.
—No todos están preparados para entender.

Él sentía que la estaba perdiendo
aunque, según todos, la estaban "salvando".

Un día notó algo mínimo.

Un gesto.

No fue un beso.
No fue una caricia.

Fue confianza.

La manera en que ella lo nombraba.
La forma en que lo defendía.
La rapidez con la que justificaba cualquier cosa que
viniera de él.

—Si él dice que es así, es así —respondía—.
—Tú tienes que confiar.

¿Confiar en quién?

Cuando él preguntaba demasiado, le decían que
estorbaba.
Cuando dudaba, que dañaba el proceso.
Cuando se acercaba, que contaminaba.

El amor fue expulsado
en nombre de la protección.

Y poco a poco, él dejó de ser el compañero
y pasó a ser el problema.

—No seas celoso —le dijeron—.
—Esto no es lo que tú crees.

Esa frase siempre aparece
cuando algo es exactamente lo que parece.

Ella empezó a desaparecer por horas.
A volver distinta.
Más distante.
Más cerrada.

—Es parte del trabajo —decía—.
—No preguntes tanto.

El hombre empezó a entender algo horrible
sin poder decirlo en voz alta.

No porque no tuviera pruebas.
Sino porque tenerlas lo destruiría.

El que se decía protector
había ocupado el lugar íntimo
sin tocarlo delante de nadie.

No como amante.
Como autoridad.

Y esa es la forma más sucia de posesión.

Porque no se presenta como deseo,
sino como necesidad.

No se impone por fuerza,
sino por gratitud.

—Sin él yo no estaría bien —dijo ella un día.

Ahí se rompió todo.

Porque el amor ya no competía con otro hombre.
Competía con un sistema.

Y los sistemas no sienten culpa.

El engaño no fue solo que se la quitara.
El engaño fue hacerle creer a ella
que eso también era parte de salvarse.

El sacrificio ya no era simbólico.

Ahora tenía cuerpo.
Tenía silencio.
Tenía excusas.

Y el hombre entendió, demasiado tarde,
la verdad que nadie quiere ver:

cuando el poder se disfraza de cuidado,
el abuso no necesita violencia.

Solo necesita fe.

Interludio II— La recomendación es el nuevo altar

No todos llegan iguales.

Algunos llegan creyendo.
Otros llegan dudando.
Otros llegan rotos.

Algunos llegan por dolor.
Otros por miedo.
Otros por pérdida.

Y otros llegan por algo que casi nunca se confiesa en voz alta:
venganza.

Pero casi todos llegan por lo mismo:
porque alguien les dijo:

—A mí me ayudó.

Esa frase no distingue motivos.
Sirve igual para quien busca alivio
que para quien busca castigo.

Hay quien llega porque no duerme.
Hay quien llega porque no soporta el abandono.
Y hay quien llega porque quiere que el otro pague
sin tener que mancharse las manos.

La recomendación no pregunta para qué.
Solo abre la puerta.

—No es para hacer daño —dicen—.
—Es para que las cosas se acomoden.

"Acomodar" es una palabra peligrosa.
Cabe todo ahí.

Cabe el deseo de volver.
Cabe el deseo de controlar.
Cabe el deseo de que al otro le vaya mal
mientras uno sigue viéndose como buena persona.

Eso también convence.

Porque la recomendación no exige maldad explícita.
Ofrece una salida limpia al resentimiento.

No dices "quiero vengarme".
Dices:
—Quiero que vuelva.
—Quiero que recapacite.
—Quiero que entienda lo que perdió.

Y el sistema entiende perfectamente
lo que no te atreves a decir.

Por eso la recomendación es tan eficaz.
Porque funciona igual para el que sufre
que para el que odia en silencio.

No discrimina.
No juzga.
No frena.

Solo avanza.

Uno recomienda porque se sintió mejor.
Otro entra porque no aguanta más.
Otro porque quiere torcer el destino a su favor.

Y ninguno se siente violento.

—No le hice nada —dicen.
—Solo fui a hablar.
—Solo probé.

Siempre empieza así.

La recomendación no exige fe.
Exige confianza prestada.

Y cuando algo sale mal,
cuando el otro se rompe más,
cuando la relación se pudre del todo,
cuando alguien paga un precio invisible,

la frase vuelve, rápida,
para no pensar demasiado:

—A mí me ayudó.

Esa frase sirve para tapar el dolor.
Y también para tapar la culpa.

Porque admitir que uno fue por venganza
rompe la imagen propia.
Y nadie quiere verse como verdugo.

Así, el sistema crece sin declararse cruel.
Alimenta tanto al herido
como al resentido.

Y mientras siga existiendo una frase
que permita entrar sin asumir intención,
siempre habrá alguien dispuesto a empujar a otro
con la conciencia tranquila.

Hasta que alguien paga el precio.

Siempre alguien paga el precio.

Escena III — Cuando el amor empieza a justificar el daño

Al principio no parecía peligroso.

Él no fue buscando venganza.
Fue buscando alivio.

Había perdido a su mujer.
No de golpe.
No con una escena final.

La había perdido lentamente,
en conversaciones que ya no llevaban a nada,
en silencios largos,
en una distancia que creció sin pedir permiso.

Le dijeron que ella había ido primero.
Que alguien se lo recomendó.
Que "le ayudó".

Eso bastó.

No pensó en engaños.
Pensó en amor.

Pensó que si ella había buscado orientación,
él también tenía derecho a buscarla.

Así llegó.

El lugar no parecía extraño.
Ni amenazante.
Ni fuera de lo común.

Era claro.
Ordenado.
Tranquilo.

El hombre que lo recibió vestía de blanco.

No un blanco simbólico ni teatral,
sino un blanco limpio, planchado, deliberado.
Un blanco que no admitía manchas.

Nada en su apariencia gritaba autoridad,
pero todo la afirmaba.

Las telas eran simples,
sin exceso ni pobreza fingida.
Cada pliegue estaba en su sitio,
como si el orden externo prometiera
orden interno.

Al cuello llevaba objetos discretos,
no explicados,
no ofrecidos a la curiosidad.

No estaban ahí para ser entendidos.
Estaban para marcar frontera.

No brillaban.
Pesaban.

Su postura era recta, contenida, casi ritual.
No se movía de más.
No tocaba de más.
No reaccionaba de más.

Eso tranquilizaba.

Porque quien parece en paz
da la ilusión de que puede otorgarla.

A pesar de la limpieza,
el ambiente era pesado.

No había suciedad visible,
pero el aire no estaba vacío.

Había un olor persistente, difícil de nombrar.
No era fuerte.
No era reciente.

Era antiguo.

Un olor que no pertenece al cuerpo,
sino a la repetición.
A cosas hechas demasiadas veces
sin ser cuestionadas.

Los símbolos estaban ahí,
dispuestos con cuidado.

No parecían agresivos.
Tampoco protectores.

No eran buenos ni malos.

Eran funcionales.

Estaban para recordar que todo tiene un costo,
aunque nadie lo dijera en voz alta.

Hablaba poco.
Escuchaba lo justo.
Intervenía solo cuando el silencio
ya había hecho su trabajo.

—Aquí nadie obliga a nada —le dijo—.
—Aquí solo se trabaja con lo que ya está desordenado.

No habló de culpas.
Habló de vínculos alterados.
De decisiones interferidas.
De procesos incompletos.

Nada sonaba violento.
Nada sonaba inmoral.

Sonaba razonable.

—Cuando una relación se rompe —dijo—
—rara vez es por una sola persona.

Eso lo calmó.

Porque si no era solo cosa de ella,
entonces no era un rechazo definitivo.
Era algo que se podía corregir.

Y lo que se puede corregir
no se acepta como pérdida.

Ahí nació el primer permiso.

No pidió que ella sufriera.
Pidió que "las cosas volvieran a su lugar".

No pidió control.
Pidió "acompañamiento".

No pidió castigo.
Pidió "claridad".

Cada palabra era limpia.
Cada intención parecía legítima.

Aquí no se hablaba de bien y de mal
como principios.

Se hablaba de equilibrio.
De corrección.
De ajuste.

Y el ajuste siempre implicaba un precio.

Lo bueno era lo que funcionaba.
Lo malo era lo que se resistía.

Lo correcto era lo que pagaba.
Lo incorrecto era lo que no cedía.

Así, la moral no se medía por el daño,
sino por el resultado.

Si algo dolía pero "ordenaba",
era aceptable.

Si algo lastimaba pero "funcionaba",
era necesario.

La línea entre cuidado y violencia
no se trazaba con valores,
sino con tarifas invisibles.

Poco a poco,
el amor dejó de ser cuidado
y empezó a sentirse como derecho.

Derecho a intervenir.
Derecho a insistir.
Derecho a no soltar.

—Si esto funciona —pensaba—
—todo habrá valido la pena.

Eso justificaba el dinero.
Las instrucciones que no se cuestionaban.
Las cosas que era mejor no contar.

Y cuando no había resultados inmediatos,
la explicación siempre estaba lista:

—Hay resistencia.
—Hay confusión.
—Hace falta insistir.

Insistir sonaba a compromiso.
No a invasión.

El hombre de blanco no imponía.
Orientaba.

No exigía.
Confirmaba.

No decía "yo".
Decía "el proceso".

Y el proceso siempre tenía razón.

Si algo no salía bien,
no era error.
Era falta de entrega.

Así, el sistema nunca fallaba.
Solo evaluaba.

Él no se veía como alguien dañando.
Se veía como alguien luchando por lo suyo.

Nunca se preguntó
qué pasaría si ella ya había elegido irse.

Nunca se preguntó
si el amor que necesita intermediarios
sigue siendo amor.

Porque mientras estaba ocupado "haciendo algo",
no tenía que enfrentar lo único que dolía de verdad:

que tal vez no había nada que arreglar.

Y aceptar eso
no tenía proceso.
No tenía acompañamiento.
No tenía promesa.

Solo tenía vacío.

Ahí es donde el amor cruza la línea
sin hacer ruido.

No cuando se vuelve odio.
Sino cuando se convierte en justificación.

Cuando empieza a decirse a sí mismo:

—No es daño.
—Es por amor.

Y todo lo que se hace "por amor"
deja de parecer peligroso.

Hasta que alguien paga el precio.

Y casi nunca es quien insiste.

Interludio III— Nadie se cree villano

Casi nadie entra pensando que va a hacer daño.

Entran pensando que van a arreglar algo.

Nadie dice:
"Voy a cruzar una línea."
Dicen:
"Voy a intentar una vez más."

Nadie dice:
"Voy a usar a otro."
Dicen:
"No tengo otra opción."

Nadie dice:
"Quiero que sufra."
Dicen:
"Quiero que entienda."

Así se limpia la conciencia antes de actuar.

El daño no empieza con maldad.
Empieza con lenguaje aceptable.

Con palabras que suenan razonables
cuando el miedo aprieta
y el amor duele.

"Intentar" no parece violencia.
"Insistir" no parece control.
"Corregir" no parece abuso.

Hasta que alguien paga el precio.

Pero incluso entonces,
casi nadie se ve a sí mismo como responsable.

Porque el verdadero privilegio del sistema
no es hacer daño.

Es hacer daño sin verse a uno mismo haciéndolo.

Mientras haya una historia
que permita decir
"no fue mi intención",
el mecanismo seguirá funcionando.

Y siempre habrá alguien dispuesto a repetirlo.

No porque sea cruel.
Sino porque nadie quiere ser el villano
de su propia historia.

Escena IV — Manual práctico para no aceptar que te dejaron

Al principio, todo parecía razonable.

Él no decía:
"Me dejaron."

Decía:
"Estamos pasando por un proceso."

Eso sonaba mejor.
Más adulto.
Más trabajado.

Un hombre que "atraviesa un proceso"
no está abandonado.
Está evolucionando.

Cada mañana revisaba su teléfono
como quien no espera nada
pero revisa igual.

No por ansiedad.
Por responsabilidad.

Si no revisaba,
¿cómo iba a notar las señales?

Las señales eran muchas
y siempre aparecían después.

Un sueño extraño.
Una canción en la radio.
Un recuerdo inoportuno.
Un número repetido.

Nada comprobable.
Todo perfectamente interpretable.

Cuando algo no encajaba,
había explicación.

—No funcionó porque dudaste.
—No avanzó porque hablaste de más.
—Se estancó porque pensaste demasiado.

Pensar era el verdadero enemigo.

Pensar rompía el proceso.

Así que él aprendió a pensar menos
y obedecer mejor.

Eso también se siente como progreso.

Empezó a usar frases nuevas,
muy útiles en conversaciones incómodas:

—Es complejo.
—No es tan simple.
—No puedo explicarlo ahora.

Frases ideales
para que nadie pregunte más.

Cuando alguien le decía
"tal vez ya terminó",
él sonreía con paciencia.

La paciencia del iluminado.

—Eso es lo que parece —respondía—,
—pero hay capas que no ves.

Las capas nunca se veían,
pero siempre estaban ahí.

Como Dios,
pero con horario de atención.

Pagó con gusto.

No porque fuera tonto.
Sino porque pagar se sentía
como hacer algo.

Aceptar era gratis
y no ofrecía ningún beneficio.

El blanco seguía impecable.

Tan impecable
que daba confianza.

Si algo fallaba,
no fallaba el método.
Fallaba la entrega.

Eso era tranquilizador.

Porque significaba
que aún podía hacer más.

Siempre se puede hacer más
cuando uno no quiere parar.

El momento más gracioso
—si no fuera tan triste—
fue cuando empezó a dar consejos.

A otros.

Personas recién abandonadas.

—No te desesperes —les decía—.
—Hay cosas que se mueven aunque no las veas.

Nadie se ríe más fuerte
que quien está a punto de llorar.

El sistema le había dado algo valioso:
lenguaje.

Con lenguaje,
el vacío no se nota tanto.

Y así pasó el tiempo.

Ella no volvió.
Pero él se volvió experto
en explicar por qué todavía podía volver.

Eso también es una forma de fidelidad.

La risa aparece aquí,
pero es corta.

Porque lo verdaderamente cómico
no es él.

Es lo fácil que es
no aceptar una verdad simple
cuando existe un método complicado
que te promete no tener que hacerlo.

Interludio IV Para que algo siga funcionando

Para que algo siga funcionando,
no debe comprobarse.

Si alguien se va,
no se fue.
Está pasando algo.

Si duele,
no es pérdida.
Es parte del proceso.

El proceso no se explica.
Se repite.

Aceptar es rápido.
Creer permite seguir.

Y seguir
siempre parece mejor
que terminar.

Escena V — El hombre de blanco pierde el orden

El hombre de blanco siempre había tenido respuestas.

No necesariamente correctas,
pero ordenadas.

Tenía frases para todo.
Frases que cerraban conversaciones.
Frases que tranquilizaban a otros
y, por rebote, a él mismo.

Cuando su mujer se fue,
no dijo "me dejó".

Dijo:
—Está pasando algo.

Eso sonaba mejor.
Más profesional.
Como si el abandono fuera un trámite pendiente
y no una puerta cerrada.

Al principio intentó lo de siempre:
hablar con calma,
explicar bien,
poner palabras bonitas donde había silencio.

Pero el silencio no respondió.

Probó entonces con símbolos.
Con gestos.
Con rutinas que antes funcionaban.

Nada.

El blanco seguía blanco.
Impecable.
Plancha perfecta.
Sin una arruga fuera de lugar.

El oro también seguía ahí.

Los dientes dorados brillaban cuando hablaba,
aunque ya no hubiera a quién convencer.
Las cadenas anchas descansaban sobre el pecho,
pesadas, visibles,
como si el peso sustituyera la autoridad perdida.
Las pulseras chocaban entre sí
cada vez que movía las manos,
haciendo ese sonido discreto
que antes calmaba a otros
y ahora solo lo acompañaba a él.

Las estampas doradas seguían colgadas,
ordenadas, limpias,
brillando con una fidelidad admirable.

Todo estaba en su sitio.

Menos ella.

Eso fue lo verdaderamente desordenado.

Buscó razones.

Tal vez ella estaba confundida.
Tal vez alguien había intervenido.
Tal vez él no había hecho lo suficiente
—esa siempre es una razón útil—.

Nunca pensó que simplemente se había terminado.

Eso era demasiado vulgar.
Demasiado simple
para alguien acostumbrado a procesos elevados,
a causas invisibles,
a precios que se pagan sin nombrarlos.

Mientras la mujer de aquel hombre —
el que llegó buscándolo,

el que quería recuperar a la suya—
caía en sus manos,
la suya se iba.

No en metáforas.
No en símbolos.
En tiempo real.

Mientras él recibía a una mujer rota,
necesitada,
convencida de que alguien estaba interfiriendo en su
vida,
la mujer del hombre de blanco cerraba la puerta
sin pedir explicación.

No fue plan.
No fue cálculo.
Fue cercanía mal administrada.

Fue escuchar demasiado.
Estar disponible.
Confundir autoridad con intimidad.

Mientras un matrimonio ajeno se rompía entre promesas,
el suyo se rompía sin palabras.

Él seguía hablando de orden
mientras el suyo se desarmaba.

Eso fue lo verdaderamente intolerable.

No la pérdida.
La incoherencia.

Porque mientras administraba el dolor de otros,
el propio no tenía ritual,
no tenía entidad,
no tenía a quién culpar.

Y apareció la pregunta
que nunca se hace en voz alta:

¿Dónde estaban sus santos
cuando el problema ya no era ajeno?

¿Dónde estaban sus entidades
cuando no había a quién cobrarle la fe?

No respondieron.

No advirtieron.
No protegieron.
No explicaron.

Tal vez nunca estuvieron ahí
para cuando el dolor
no generaba beneficio.

Cuando por fin se quedó solo,
hizo lo que nunca recomendaba a nadie:

pidió ayuda.

No a sus santos.
No a sus entidades.
No a sus símbolos.

Porque no dijeron nada.

Fue entonces cuando alguien —
sin ritual,
sin oro,
sin blanco—
le sugirió algo impensable:

—Habla con un profesional.

La palabra sonó extraña.
Fría.
Desprovista de misterio.

Pero funcionó.

No porque le devolviera a su mujer.
No porque ordenara el mundo.
Sino porque, por primera vez,
nadie le pidió que creyera nada.

Le pidieron que hablara.

La ciencia no prometió sentido.
No explicó el destino.
No ofreció redención.

Solo hizo algo imperdonable
para el sistema que él sostenía:

lo ayudó
sin pedir víctimas.

Ahí perdió algo más que el orden.

Perdió la coartada.

El hombre de blanco seguía impecable.
Rico en símbolos.
Blindado por fuera.

Pero ahora sabía algo
que ya no podía desexplicar:

que el sistema que exigía sacrificios
solo funcionaba
mientras el dolor fuera de otros.

Y sin audiencia,
sin fe ajena,
sin culpa que administrar,

el orden no era sagrado.

Era solo decoración.

Interludio V.I — Manual breve sobre la utilidad del intermediario

La herramienta nunca es la misma
para quien la usa
y para quien la vende.

Eso no se dice en voz alta,
pero se sabe.

Al que llega con miedo se le ofrece mediación.
Al que media se le llama elegido.

Curiosamente, el elegido nunca necesita
otro elegido por encima.

Nunca se ve a un intermediario
pagando a otro intermediario
para hablar con Dios.

Habla directo.

Eso debería levantar sospechas.

Porque si el acceso es tan universal
como se predica,
¿por qué necesita gestor?

¿Por qué tarifas?
¿Por qué horarios?
¿Por qué protocolos?
¿Por qué collares, sellos, autorizaciones?

La respuesta oficial es siempre noble:

—La gente necesita guía.

Pero la pregunta real es más incómoda:

¿o necesita dependencia?

Porque si alguien pudiera hablar con Dios
sin pasar por nadie,
el intermediario perdería su función.

Y su ingreso.

Y su autoridad.

Y su relato.

Por eso la herramienta para otros
nunca es la misma que para él.

Al otro se le pide fe.
Él no la necesita.

Al otro se le pide sacrificio.
Él no lo hace.

Al otro se le pide obediencia.
Él administra.

Al otro se le cobra esperanza.
Él cobra certeza.

Se dice que es más seguro hacerlo acompañado.
Más ordenado.
Más correcto.

Pero nadie explica
por qué lo correcto siempre cuesta dinero
y lo directo siempre se desaconseja.

Hablar con Dios sin intermediarios
es demasiado honesto.

Y demasiado barato.

No genera procesos.
No sostiene estructuras.
No justifica jerarquías.

Y lo peor de todo:
no deja a nadie en el medio
para cobrar por el silencio de Dios.

Así que se repite la advertencia:

—No es bueno hacerlo solo.

Como si Dios necesitara testigos.
Como si la fe necesitara recibos.
Como si la verdad necesitara comisión.

El intermediario no existe
porque Dios no escucha.

Existe
porque alguien decidió
que escuchar debía ser un servicio.

Y todo servicio,
si se vuelve sagrado,
ya no se cuestiona.

Se paga.

Interludio V.II — Cómo se vuelve normal

Al principio nadie habla de abuso.
Eso sería excesivo.

Se habla de acompañamiento.

Luego se habla de proceso.
Después de continuidad.
Más tarde, de compromiso.

Nunca se llega de golpe.

Todo es gradual.
Suave.
Razonable.

Las decisiones importantes
nunca se toman el primer día.

Se van deslizando
entre recomendaciones
y advertencias bien dichas.

Nada es obligatorio.
Todo es "por tu bien".

Si algo no funciona,
no se cuestiona el método.
Se cuestiona a la persona.

—No estabas listo.
—No confiaste lo suficiente.
—No seguiste todo al pie de la letra.

Siempre falta algo.
Siempre hay un paso más.
Siempre hay un ajuste pendiente.

Así el sistema no falla.
El que falla es el otro.

Y cuando el otro acepta eso,
ya no necesita ser convencido.

Se convence solo.

El costo nunca aparece como costo.
Aparece como inversión.

De tiempo.
De fe.
De silencio.
De otros.

Nadie se siente responsable
porque nadie decidió nada solo.

Las cosas simplemente "se dieron".

Y cuando alguien pregunta quién paga,
la respuesta es siempre la misma:

—Es parte del camino.

Así, lo que empezó como ayuda
se vuelve costumbre.

Y la costumbre
se vuelve normalidad.

Y la normalidad
hace que todo siga funcionando
sin que nadie tenga que mirarlo demasiado de cerca.

Escena Final — El que no eligió

No sabe por qué está ahí.

No entiende palabras,
ni promesas,
ni causas mayores.

Respira.
Eso es todo.

El cuerpo tiembla antes de que alguien decida que eso
significa algo.
El corazón acelera sin pedir permiso.
Los músculos buscan salida donde no la hay.

No hay maldad en ese cuerpo.
No hay culpa.
No hay intención.

Hay vida.

Las manos que lo sostienen no son violentas.
Son eficientes.

El lugar está preparado.
Limpio.
Ordenado.

Todo está pensado para que nada parezca brutal.

Se dice que es necesario.
Se dice que es por un bien.
Se dice que así se equilibra algo que nadie sabe nombrar.

Nadie pregunta si duele.
Eso no está en discusión.

Lo que se discute es si sirve.

Cuando el movimiento cesa,
el silencio cae como una explicación.

No es sagrado.
Es útil.

Alguien respira aliviado.
Alguien siente que cumplió.
Alguien cree que ahora todo va a estar bien.

El mundo no se detiene.
No hay castigo.
No hay señal.

La normalidad continúa.

Eso es lo más terrible.

Porque si nada se rompe afuera,
nadie siente urgencia por mirar adentro.

El cuerpo es retirado.
No como alguien.
Como resto.

No queda sangre visible.
Eso es importante.

La conciencia debe quedar limpia.

Se repite que nadie fue obligado.
Que fue parte del proceso.
Que así ha sido siempre.

Y así,
una vida que no pidió nada
pagó por la tranquilidad de otros.

No habló.
No eligió.
No entendió.

Y aun así,
cargó con todo.

Bendición y negación

Bendición para los seres que no pidieron estar ahí.
Para los cuerpos sin voz.
Para los que no firmaron ningún acuerdo.
Para los que no sabían de dioses, ni de sistemas, ni de
precios.

Perdón pedido en nombre de quienes usaron su
sufrimiento
para calmar su miedo,
para ordenar su mundo,
para no mirar su propia responsabilidad.

Que ninguna causa vuelva a exigir inocentes.
Que ninguna tradición excuse la violencia.
Que ninguna explicación vuelva a valer más que una vida.

Nada verdaderamente sagrado necesita sangre.
Y nada verdaderamente humano la tolera.

Aquí termina el sistema.
Aquí empieza el límite.

Silencio.